Roteiro: J. M. Trevisan
Arte: Lobo Borges e Ricardo Mango
Arte do Episódio Extra: Hud Justino
Cores: Israel Guedes
Letras e Diagramação: J.M. Trevisan
Logotipia e Design da Capa: Dan Ramos
Arte da Capa: Lobo Borges e Dan Ramos
Editora-Chefe: Karen Soarele
Diretor-Geral: Guilherme Dei Svaldi

Rua Coronel Genuíno, 209 • Porto Alegre, RS • CEP 90010-350
contato@jamboeditora.com.br • www.jamboeditora.com.br

1ª edição: abril de 2024 | ISBN: 978658863513-1

Dados Internacionais de Catalogação na Publicação

T8141
v.6
Trevisan, J. M.
Ledd / J. M. Trevisan,[et al.]; capa de Lobo Borges. — Porto Alegre: Jambô, 2024.
128p. il.

1. História em quadrinhos. I. Borges, Lobo. II. Mango, Ricardo. III Justino, Hud. IV. Título.

CDU 741.5

Prefácio

Parece que foi ontem que passei a conferir semanalmente uma tal webcomic escrita por J.M. Trevisan e desenhada por Lobo Borges no site *Genkidama*. Era um projeto que parecia despretensioso, mas me atraía mesmo assim. Afinal, sempre fui fã dos mangás de *Tormenta* (sim, eu li todos).

Pouco depois, para a minha surpresa, tive a honra de ser chamado para fazer o logotipo do bagulho! Imagino que o pessoal tenha gostado, porque quando a Jambô anunciou que ia publicar a história compilada de tempos em tempos, eu fui convidado para fazer todo o projeto gráfico!

Mais de dez anos se passaram. Já se foram cinco volumes e muitas águas rolaram enquanto nossos amigos Ledd, Ripp e Drikka se aventuravam por Arton. Nesse meio-tempo me tornei amigo dos caras e passei a trabalhar na Jambô como diretor de arte, mas o pequeno fã e leitor nunca foi embora.

Sempre gostei muito da escrita do Trevisan, que consegue ser o mais sério dos autores, mas nas horas certas dá o tom de humor que um bom mangá de fantasia precisa (especialmente em *Tormenta*!), sem descambar para a bobagem gratuita (algo que me conquistou em *Holy Avenger*, também). A história, que começou misteriosa e intrigante, se desenvolveu em um arco dramático capaz de deixar qualquer um na ponta da cadeira.

Falando em desenvolvimento, eu não poderia deixar de citar a carreira meteórica do meu querido amigo Lobo Borges. Fizemos tantas *jams* de desenho, participamos de tantos eventos juntos e demos tantos pitacos na arte um do outro... Poucas coisas me deixaram mais feliz que acompanhar a evolução de seu trabalho, seu traço cada vez mais incrível, tanto em *Ledd* quanto em outras ilustrações. Tive a alegria de ver o Lobo colorir um *sketch* meu, e prometi que um dia faria o mesmo por ele. Infelizmente, Lobo nos deixou e não poderá ver a capa deste volume, mas, onde quer que esteja, saiba que essa foi por você, rapá.

Mas sabe o que é mais incrível? Não há qualquer diferença na qualidade do material na passagem do manto para Ricardo Mango, autor de *Khalifor*, que aceitou pegar esse bastão e se provou à altura da responsabilidade! Há mudanças, sim, mas o coração da série continua o mesmo. E ainda temos a grande surpresa que é o episódio extra ilustrado pelo estreante Hud Justino, trazendo uma das personagens mais queridas da série.

A conclusão que fica é clara: se segurem porque *Ledd* continua firme e forte, e o futuro guarda grandes emoções!

— Dan Ramos

Abril de 2024

– EPISÓDIO 21 –

"nos vemos no fim do caminho"

– O ELENCO –

LEDD

EMBORA SE ACHE MUITO ESPERTO, NOSSO QUERIDO LEDD AINDA TEM MUITO O QUE APRENDER. TALVEZ SUA IMPULSIVIDADE E DESESPERO POR DESCOBRIR O PASSADO TENHA CONDENADO SEU FUTURO. QUEM DISSE QUE CONHECIMENTO É SEMPRE UMA GRANDE VANTAGEM?

RIPP

NO FUNDO, BEM NO FUNDO, RIPP AINDA ACREDITA SER UM GRANDE MAGO, MAS SUAS HESITAÇÕES NÃO RARO ACABAM IMPEDINDO SEU POTENCIAL.DE QUALQUER MODO, MESMO OS MAGOS TÊM LIMITES EM ARTON! OU SERÁ QUE HÁ ALGO A MAIS POR TRÁS DISSO?

DRIKKA

A OBSTINADA DRIKKA, FILHA DE UM GUERREIRO E DE UMA DRAGOA, TORNOU-SE UMA LADRA COM UM ESTRANHO SENSO DE JUSTIÇA. ATÉ ONDE ESSE DESEJO PELA HONRA E PELO QUE É CERTO PODEM LEVÁ-LA? SERÁ QUE ESSE É MESMO O CAMINHO MAIS CORRETO A SEGUIR?

– A HISTÓRIA ATÉ AQUI... –

ENQUANTO O CORONEL BARBA BRANCA ENCONTRA OS DESAFIOS DO MUNDO DE KEENN, LEDD E SEUS AMIGOS SE RECUPERAM NA TAVERNA DO BASILISCO, MORADA DE CIÇA, A ETERNA, REFÚGIO INDICADO POR GOLINDA. TOCADA PELOS PROBLEMAS DO GAROTO, ELA DECIDE LEVÁ-LOS ATÉ UMA ANTIGA AMIGA, KALINKA, UMA BRUXA DE TANNA-TOH.

KALINKA FAZ UM RITUAL E, AINDA QUE NÃO SEJA CAPAZ DE DESVENDAR TODOS OS SEGREDOS, A MAGIA ABRE CAMINHOS TORTUOSOS NA MENTE DE LEDD. ASSIM, ELE RESGATA FATOS IMPORTANTES: O HOMEM ENCAPUZADO QUE OS PERSEGUE SE CHAMA LOHR E ESTÁ NO REINO DE TREBUCK.

USANDO O TELEPORTE DE RIPP, ELES CHEGAM AO REINO E QUASE SÃO ROUBADOS POR UM TRAMBIQUEIRO CHAMADO AARON BLANKENSHIP, MAS UM DEMÔNIO DA TORMENTA SURGE COMO PERIGO MAIOR. ELES ENTÃO ENTRAM NUMA VILA ABANDONADA, E RIPP PRENDE LOHR COM MAGIA, MAS ELE ESCAPA. EM MEIO À LUTA, LEDD FAZ CONTATO MENTAL COM SEU PERSEGUIDOR E DESCOBRE QUE FOI CRIADO NAQUELA VILA, ATÉ SER ROUBADO AINDA CRIANÇA PELOS DEMÔNIOS DA TORMENTA DURANTE O ATAQUE QUE DESVASTOU O LUGAR. LOHR ERA SEU MENTOR.

ENTÃO LOHR MORRE, LEDD ENTRA EM ESTADO CATATÔNICO E, NOS CÉUS, SURGEM AS PRIMEIRAS NUVENS DA TORMENTA...

DRUUU
PLIC!
UUM!!!

TRUU

RIPP! SE MEXE!
A GENTE PRECISA FUGIR RÁPIDO!
ACORDA, RIPP!
GLUP!
LEVA ELE E CORRE! DEIXA QUE EU CUIDO DO RESTO!
OK.
FWOO
OOW!
BZZ..
BZZ..
BZZ..
BZZ..
BZZ..
BZZ.

BZZ..
BZZ..
BZZ..
RÁPIDO, RIPP!
BONK!
PUFF PUFF

ISSO DEVE DAR UM JEITO.
UFA.
JÁ ESTAMOS A SALVO?
NÃO.
MAS TÁ VENDO AQUELE LUGAR ALI?
PARECE **BEM** MAIS SEGURO!
ACHA QUE CONSEGUIREMOS CHEGAR ATÉ LÁ, SENHORITA DRIKKA?
SIM!
É SÓ ME SEGUIR!
DUM!
DUM!
TAP

BZZ..
BZZ..
BZZ..
BO...
..NK!
BZZ..
BZZ..
ZZ..
CORRE LOGO, RIPP! EU DOU UM JEITO NELES!
NÃO, SENHORITA DRIKKA!
EU DOU UM JEITO!

NÃO VOU AGUENTAR MUITO TEMPO!
PEGA
TRECK

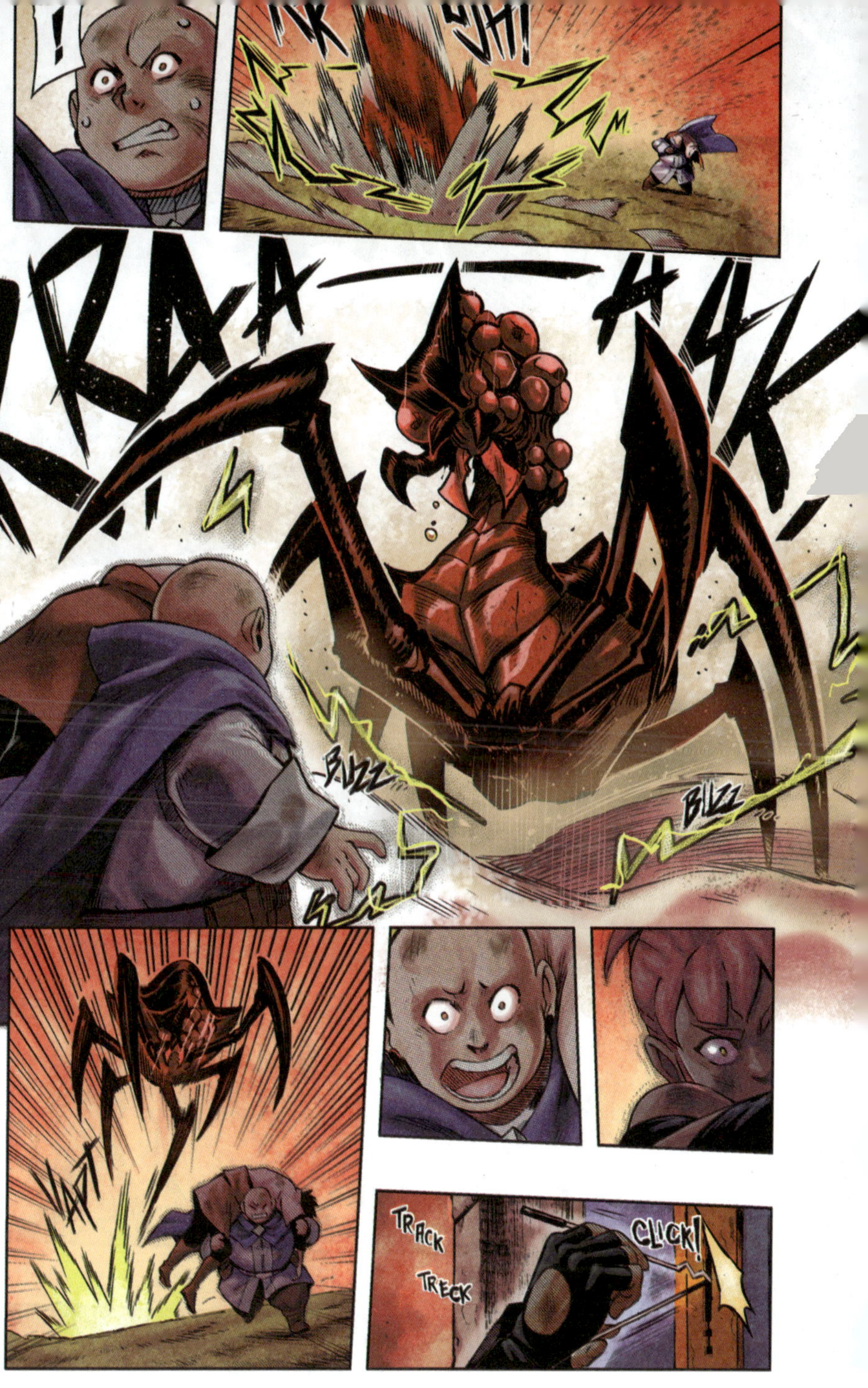
!
KRAA–AAK!
BUZZ
BUZZ
VAPT
TRACK
TRECK
CLICK!

REP!
TREP!
BLAM!
BRUM!
VSHH...
UFA.
A GENTE
TÁ LIVRE.

DE QUEM SERÁ ESSE MONTE DE ESTÁTUA ABANDONADA?
NÃO RECONHEÇO NENHUMA, MAS PARECEM IMPORTANTES!
SERÁ QUE ERAM HERÓIS DA VILA?
O QUE ACHA, RIPP?
RIPP?
PERDÃO.
MINHA CABEÇA FICOU UM TANTO LEVE.
NÃO MENTI QUANDO DISSE QUE ESTAVA ESGOTADO.
EXISTEM LIMITES PARA O PODER DE UM MAGO, E MINHA ATUAL CONDIÇÃO NÃO AJUDA MUITO.
VOCÊ FOI ÓTIMO, RIPP! ERA MUITA COISA DE UMA VEZ SÓ!
EU JÁ FUI TÃO MELHOR, SENHORITA DRIKKA!
UM DOS MELHORES ...
CLARO, RIPP! TENHO CERTEZA QUE ERA!
(TADINHO, TA CAINDO DE SONO)
DESCANSA UM POUCO QUE DEPOIS A GENTE VÊ DIREITO O QUE FAZ!

RONC!
RONC!
ENTÃO OK!
VOU TER QUE EXPLORAR TUDO SOZINHA!
OLHA SÓ! A SENHORA PARECE BEM SIMPÁTICA!
O QUE SERÁ QUE TEMOS AQUI?

RMMM! SÓ MAIS UM POUCO!
AHÃ! PRONTO!
CLICK!
PARECE BEM NORMAL!
MAS, SE TAVA ESCONDIDO, ALGO DE DIFERENTE DEVE TER!
HEIN?
LEDD?
NOS VEMOS NO
INHO
O QUE VOC--
CLICK!

UAU! COMO VOCÊ ACHOU ISSO?
QUERIA SABER O QUE ROLA NESSA SUA CABEÇA.
ALI É LOHR, NÃO?
ACHO QUE ELE ERA IMPORTANTE PRA VOCÊ.

LEDD?
LEDD?
ZUMBI
LEDD!
NÃO CREIO QUE VOCÊ VOLTOU!
NA VERDADE NÃO.
MAS A GENTE VAI DAR UM JEITO NISSO.
TEMOS QUE LEVÁ-LO PARA FORA DAQUI.
EU SEI, MAS PELA ENTRADA NÃO DÁ.
DE FATO!
FOI ELE QUEM ACHOU ESSA SALA?
FOI.
PARECE ATÉ QUE ELE CONHECE ESSE LUGAR!
OH! TALVEZ SEJA ESSA A SOLUÇÃO!
SE DEIXARMOS LEDD VAGANDO A ESMO, UMA HORA ELE ENCONTRARÁ A SAÍDA!
ISSO NÃO PARECE NEM UM POUCO ESPERTO.
E SE ELE CAIR NUMA ARMADILHA?

PODÍAMOS AMARRAR UMA *CORDA* NELE, OU TALV--
BRO—OOM!
O QUE FOI ISSO?
POR ENQUANTO, NADA!
MAS DEVE TER ALGUÉM *BEM* BRAVO LÁ FORA.
TOMARA QUE NÃO SEJA AQUELE DEMÔNIO DE NOVO.
BROOOOM
BROOOOM

KRA
ACK!!!
AAH! O TETO!
PEGA ESSE TROÇO E PROTEGE O LEDD!
EU VOU DAR UMA SURRA NESSA COISA!
BLAAAM!!
DSHHH...

HORLOGH?
HORLOGH?
POR QUE VOCÊ TÁ REPETINDO O QUE O BICHO TÁ GRITANDO?
HORLOGH NÃO É UM BICHO, SENHORITA DRIKKA!
É O OGRO QUE NOS SALVOU EM YUDENNACH!
LEMBRA QUANDO CONTEI NO GANSO AFOGADO?
NÃO FAÇO A MENOR IDEIA DE COMO ELE VEIO PARAR AQUI!
BRAWN!
MAS ESTOU MUITO FELIZ EM VÊ-LO DE NOVO!
BRAWN!
ESTE LUGAR ESTÁ CHEIO DE CRIATURAS.
E O ÚNICO JEITO DE SAIR DAQUI É LUTANDO.
VOOOOOOOOSH...

VENHAM COMIGO SE QUISEREM VIVER.
DON!

O EPISÓDIO 21 MOSTRA A ORDEM DO GLÁDIO, INTRODUZIDA EM PARTES (SEM TROCADILHO) NO VOLUME PASSADO. EU QUERIA UMA IMAGEM DELES QUE FOSSE COMO UM QUADRO, MOSTRANDO O GRUPO NUMA SITUAÇÃO DESCRONTRAÍDA. DAÍ VEIO A IDEIA DE FAZER UMA RELEITURA DA PRIMEIRA ILUSTRAÇÃO QUE O LOBO ME MOSTROU, DE ONDE SAIU O PRÓPRIO LEDD. O ORIGINAL FICA NA PAREDE DO MEU ESCRITÓRIO, MAS VOCÊ PODE CONFERI-LA NOS EXTRAS DO VOLUME 01.

– *TREVISAN*

A ORDEM DO GLÁDIO É UM CASO CURIOSO DE GRUPO DE HERÓIS QUE NASCEU PARA MORRER, O QUE É UM BOCADO TRISTE. DE QUALQUER MODO, VOCÊ COMO AUTOR TEM POUCAS PÁGINAS PARA MARCAR A PRESENÇA E PASSAR TUDO O QUE É PRECISO SOBRE OS PERSONAGENS. O LEITOR PRECISA SE IMPORTAR. O CAMINHO QUE A GENTE OPTOU FOI CRIAR UM LEMA FORTE, DITO NAS DESPEDIDAS E ARREMATADO POR UM BRASÃO. TODO O ASPECTO TRÁGICO INTENSIFICA AINDA MAIS TUDO ISSO, MAS EM SE TRATANDO DE ARTON E DE SEUS DEUSES, TALVEZ ELES TENHAM MESMO SE ENCONTRADO NO FIM DO CAMINHO.

– *TREVISAN*

— EPISÓDIO 22 —

"BARBA BRANCA"

VOCÊS DEVIAM COMER E DORMIR. A VIAGEM SERÁ LONGA.
É *ESSA* A FAMA DO GRANDE CORONEL BARBA BRANCA ENTÃO?
SALVA AS PESSOAS E DEPOIS TRATA TODO MUNDO COMO REFÉM?
NÃO ABUSE, GAROTA.
VOCÊ SABE DO QUE SOU CAPAZ.

VOUSH!

SLASH!
SLASH!
SLASH!
SLASH!

ZASH!
ZASH!
ZASH!
ZASH!
VOSH!!

VOSH!!

FUAHAHA...
ONDE ESTÁ O HORLOGH?
O OGRO VAGA E APARECE QUANDO QUER. NÃO SOU SEU DONO.
E O QUE ACONTECE AMANHÃ?
PRECISAMOS DE MONTARIA. VOCÊS NÃO VÃO AGUENTAR A JORNADA A PÉ.
DEVE HAVER ALGUM VILAREJO POR PERTO.
NÃO.
O QUE REALMENTE ACONTECE.
O MAGO E O GAROTO VOLTAM PARA HARDOF. A PENA PELA FUGA SERÁ SOMADA À PENA ORIGINAL.
JÁ VOCÊ, DEVE IR EMBORA.

IR EMBORA? QUEM DIABOS VOCÊ PENSA QUE É?
ELES SÃO MEUS AMIGOS!
EU NÃO FAÇO AS LEIS, APENAS AS EXECUTO.
SENHORITA DRIKKA, POR FAV--
SAI RIPP!
VOCÊ NOS SALVOU DA TORMENTA? OBRIGADA!
MAS NÃO VOU DEIXAR MEUS AMIGOS PARA TRÁS PORQUE VOCÊ QUIS!
VOCÊ NÃO FEZ NADA.
NÃO TENHO MOTIVOS PARA MANTÊ-LA PRISIONEIRA.
AH! ENTÃO É ESSE O PROBLEMA?
EU SOLTEI OS DOIS E AJUDEI A PEGAR A ESPADA DO LEDD NO REINO DE YUDENNACH.
QUE TAL? É MOTIVO SUFICIENTE, CORONEL?

O OFICIAL QUE ESTAVA COM A ESPADA! O QUE FEZ COM ELE?
VOCÊ O MATOU?
ZASH!
EU? NÃO.
MAS SEI O QUE ACONTECEU COM ELE.
E NÃO VOU CONTAR A MENOS QUE VOCÊ SIGA MINHAS CONDIÇÕES.
OS DOIS VÃO VOLTAR. É A LEI DE YUDENNACH.
A MESMA LEI QUE O CONDENOU AO FOSSO POR SER DIFERENTE?

NÃO TESTE MINHA PACIÊNCIA. VOCÊ MATOU MEUS SOLDADOS.
SEUS PRÓPRIOS COMPANHEIROS O CONDENARAM À PRISÃO EM HARDOF.
É *MENTIRA!* VOCÊ MESMO DISSE QUE APENAS CUMPRE AS ORDENS QUE LHE DÃO!
EU NÃO QUIS MATAR OS SOLDADOS.
E ELES NÃO ERAM SEUS. ERAM DO REGIME QUE QUERIA A SUA MORTE.
EU PODERIA ARRANCAR A CABEÇA DE VOCÊS TRÊS EM UM INSTANTE.
VOCÊ CUMPRIU SUA PALAVRA QUANTO A *HORLOGH*.
E NOS LEVOU ATÉ A ARENA, MESMO SABENDO O QUE O ESPERAVA.
SIM, VOCÊ PODERIA ACABAR COM TODOS NÓS.
MAS EU *SEI* QUE NÃO VAI.

VAY...
O QUE QUER, GAROTA?
COISA DEMAIS ACONTECEU DESDE WARTON. LEDD PRECISA SE RECUPERAR PRA PODER SE DEFENDER.
EXIJO UM JULGAMENTO JUSTO EM TERRITÓRIO NEUTRO!
...
MUITO BEM.
VOU VASCULHAR O QUE HÁ POR PERTO.
VOCÊ TERÁ O QUE PEDIU.
TEP!
TEP!
TEP!
NEM OUSE PENSAR EM NÃO CUMPRIR SUA PARTE.

VOCÊ TÁ BEM, RIPP?
EU NEM ACREDITO QUE DEU CERTO!
EU ESTOU ...
NÃO SEI O QUE ESTOU.
VAMOS FUGIR SENHORITA DRIKKA!
AINDA QUE EU NÃO SEJA CAPAZ DE TELEPORTAR COMO ANTES, DAREMOS UM JEITO!
NÃO IA DAR CERTO.
É COMO O BANDO DA LANÇA RUBRA.
OU LOHR. ESSE CARA NÃO IA LARGAR DO NOSSO PÉ NUNCA.
SÓ VAMOS SAIR DESSA SE FICARMOS JUNTOS.
OUVIU, LEDD?
A GENTE VAI TRAZER VOCÊ DE VOLTA.

AAAHRRRG

POR QUE ESSA CARA?
SURPRESO EM ME VER, LEDD?
DOOON!

DEPOIS DE TUDO O QUE PASSOU NA ARENA,
E DEPOIS NO PLANO DO DEUS DA GUERRA, ERA NORMAL QUE BARBA BRANCA TIVESSE QUE MUDAR DE VISUAL. AINDA ASSIM, POR SEU CARÁTER DE SOLDADO, A GENTE NÃO PODIA SE DISTANCIAR TANTO DO CONCEITO INICIAL. O LOBO APARECEU COM ESSE VISUAL, MAIS SELVAGEM, CHEIO DE CICATRIZES, MAS AINDA FARDADO, COM O PÉ EM SUAS RAÍZES.

– *TREVISAN*

HORLOGH É UM PERSONAGEM QUE SURGIU NA HISTÓRIA DE UM JEITO MUITO ALEATÓRIO, AINDA NO PRIMEIRO VOLUME. COM A VOLTA DO BARBA BRANCA, ACHAMOS QUE SERIA LEGAL SE ELE VOLTASSE JUNTO. É IMPOSSÍVEL NÃO FICAR IMAGINANDO O QUE DIABOS ACONTECEU PARA QUE OS DOIS ACABASSEM FORMANDO UMA DUPLA.

– ***TREVISAN***

— EPISÓDIO 23 —

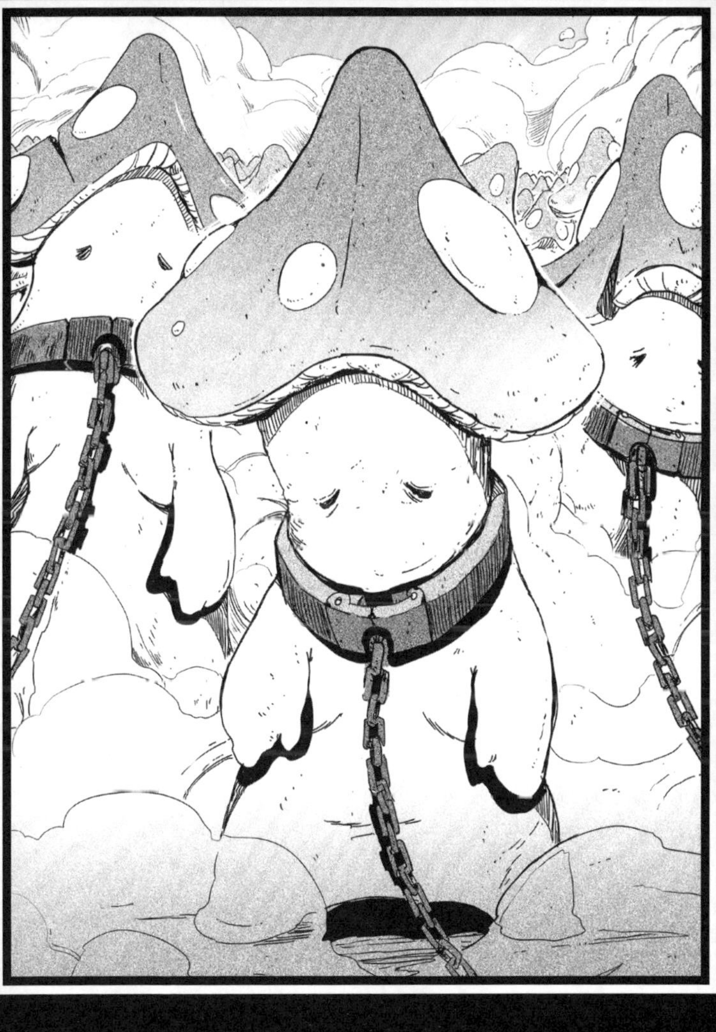

"CUSTE O QUE CUSTAR"

O QUE FOI?
O GATO COMEU A SUA LINGUA?

FOI VOCÊ QUEM ME TROUXE PRA ESSE LUGAR? A CULPA É SUA?
EU? NÃO. JAMAIS TIRARIA VOCÊ DE PERTO DE SEUS PRECIOSOS AMIGOS.
NÃO HÁ SÓ NÓS DOIS NESSE JOGO.
DE ONDE VIERAM AS CÓPIAS? O QUE ACONTECEU COMIGO?
VOCÊ NÃO ESPERA MESMO QUE EU CONTE.
EU SEI QUE NÃO VAI.
MAS EU VOU ARRANCAR ISSO DE VOCÊ QUANDO A GENTE SE ENCONTRAR.
CUSTE O QUE CUSTAR.

PERFEITO.
ERA O QUE EU QUERIA OUVIR.
AINDA HAVERÁ MUITAS SURPRESAS PELA FRENTE.
MAS CONFIO EM VOCÊ.
VOOOUSH...
?!
NOS VEMOS NO FIM DO CAMINHO
VOOOOOOOOSSHHH...

...
COMO É QUE EU VIM PARAR AQUI?
TEM COISAS DO *RIPP*.
DA *DRIKKA*.
E PARECE QUE TEM MAIS GENTE.
QUEM PODE SER?
POR QUE A GENTE SE ENFIOU NUMA CAVERNA DESSE TAMANHO?

DROGA! TEM ALGUÉM VINDO NESSA DIREÇÃO!
TEP!
TEP!
MELHOR EU ME ESCONDER POR ENQUANTO!
TEP!
TEP!
VUP!

AAAAAAAAAH!
AARON? SEU SACANA! O QUE TÁ FAZENDO AQUI?
SHHHHHHHH! PARA DE GRITAR, SEU DOIDO! ELES VÃO VIR ATRÁS DA GENTE!
ELES QUEM?
VUP!
OS MESMOS QUE PEGARAM SEUS AMIGOS!
PEGARAM MEUS AMIGOS?
EU FALEI PRA FALAR BAIXO! AQUI TEM ECO, NÃO SABE NÃO?
ALIÁS, O QUE VOCÊ TÁ FAZENDO ACORDADO?
NÃO É DA SUA CONTA, SEU FARSANTE!
VOCÊ VAI VIR COMIIGO E ME CONTAR DIREITINHO O QUE ACONTECEU!

SEU PESSOAL ESTAVA PROCURANDO O CAMINHO PARA O TEMPLO DA ESPADA FLAMEJANTE, POR CAUSA DO JULGAMENTO.
EU ESTAVA POR PERTO E, COMO POR UM ACASO SEI O CAMINHO, DECIDI AJUDAR PARA COMPENSAR NOSSO INFELIZ PRIMEIRO ENCONTRO!
QUE HISTÓRIA É ESSA DE *TEMPLO*? E VOCÊ DISSE *JULGAMENTO*?
NEM ADIANTA ME PERGUNTAR. NINGUÉM ME EXPLICOU NADA DIREITO. PROVAVELMENTE ERA COISA DAQUEL--
SHHHHHHHH! FICA QUIETO!

THASH!
THASH!
THASH!

TROLLS! POR ISSO EU ESTAVA VOLTANDO!
VOCÊ TAVA É QUERENDO FUGIR, AARON!
EU ATACO UM E VOCÊ ATACA O OUTRO!
EP!
COMO É QUE É?
VOOOSH!!!

AARON
GWOOOR!!
SPLASH
VOOOOSH!!

ARF
ARF
MAS O Q--

LEDD! ABAIXA!
BLOW!
FUAAAA...
?!
ACHOU MESMO QUE EU IA CAIR FORA?
AGORA VOCÊ ACABA COM O OUTRO!

SLASH!!!
FLESH!
SLASH!
SLASH!
FLES

TROLLS SÃO UMA *PRAGA!* SE VOCÊ NÃO ATACAR COM FOGO, ELES REGENERAM. FOI POR ISSO QUE VOLTEI.
TSSS!
TSSS!
VIM JUSTO PEGAR AS TOCHAS.
EU IA ME VIRAR SE VOCÊ NÃO APARECESSE.
TEP!
TEP!
TEP!
ERA SÓ PICOTAR TODOS ELES E JOGAR NO RIO.
OOOH, QUE SOLUÇÃO *INCRÍVEL!* ESSES RIOS VÃO PARAR NA *SUPERFÍCIE*, GÊNIO
ESSES MONSTROS NÃO SE AFOGAM. VOCÊ SÓ IA JOGAR O PROBLEMA NA MÃO DE OUTRAS PESSOAS.
POR QUE VOCÊ NÃO USOU AQUELE TEU NEGÓCIO DE VIRAR O OLHO E SOLTAR RAIOS?
AQUILO É ... COMPLICADO.

IA SER BEM MAIS FÁCIL COM O *RIPP* AQUI. ELE É ESPECIALISTA EM MAGIA DE *FOGO*.
TEP!
TEP!
SPLASH!
UM PUNHADO DE CABELOS E JÁ ERA!
VOCÊ TEM RAZÃO.
TEP!
TEP!
TROLLS SÃO MONSTROS PERIGOSOS, MAS SEM MUITOS RECURSOS.
QUALQUER GRUPO DE AVENTUREIROS MAIS *ESPERTO* CONSEGUE DAR CONTA.
PENA QUE SEUS AMIGOS DERAM AZAR! FORAM PEGOS DESPREVENIDOS NUMA ARMADILHA.
UMA ARMADILHA DOS TERRÍVEIS FINNTROLL!
DOOM!

TEP!
HMM.
TEP!
TROLL NÃO É TUDO A MESMA COISA?
NÃO.
FINNTROLL SÃO NOBRES, PODEROSOS, INTELIGENTES.
SÃO DONOS DE UM IMPÉRIO AINDA MAIS PROFUNDO QUE O DOS ANÕES, E CAÇAM AVENTUREIROS PARA ESCRAVIZAR.
FOI O QUE ACONTECEU COM OS SEUS AMIGOS. ELES ESTÃO PRESOS LOGO ALI.
ÓTIMO! VAMOS LIBERTAR TODO MUNDO!

NÃO É TÃO SIMPLES.
SÓ HÁ ESSE CAMINHO, E ESTÁ BLOQUEADO POR UM GRUPO DE MYCOTANN.
ELES NÃO SÃO MONSTROS. É SÓ MAIS UM POVO ESCRAVIZADO PELOS FINNTROLL.
ESTÃO ALI CONTRA SUA VONTADE PROTEGENDO A PASSAGEM.
QUANDO ALGUÉM PASSA PERTO, ELES SOLTAM ESPOROS PARALIZANTES.
FOI ASSIM QUE PEGARAM SEU PESSOAL.
DEVE TER ALGUM JEITO.
IMPROVÁVEL. AQUELA ÁREA É MUITO ESTREITA. NINGUÉM NORMAL PASSARIA.

EU NÃO SOU NORMAL.
SE EU USASSE MEU PODER, TALVEZ CONSEGUISSE ATRAVESSAR ANTES QUE ELES FIZESSEM ALGO.
HMMMM.
TEM CERTEZA? VOCÊ MESMO DISSE QUE É MEIO COMPLICADO.
É DA TORMENTA QUE VEM AQUILO TUDO, NÃO?
EI! COMO VOC--
SE PERDER O CONTROLE SEUS AMIGOS VÃO FICAR PRESOS PARA SEMPRE!
SERÁ QUE VALE ESSE RISCO TODO?
ESPERA!
TÁ OUVINDO ISSO?
LIBERTE-NOS!

ELES ESTÃO *IMPLORANDO?*
SIM. POR TELEPATIA
É UM ATO DE DESESPERO. PARECE QUE ELES ESCOLHERAM VOCÊ.
LIBERTE-NOS!
LIBERTE-NOS!
DEVEM ESTAR AQUI HÁ ***MUITO*** TEMPO.
O PROBLEMA É QUE O CONTROLE DOS FINNTROLL É ***INQUEBRÁVEL***.
NADA VAI FAZÊ-LOS SE MOVER
LIBERTE-NOS!
PRESOS. **TORTURADOS.**
ELES SÃO INOCENTES, LEDD. MAS SÓ EXISTE ***UM*** JEITO DE RESOLVER O PROBLEMA DELES E O ***SEU***.
LIBERTE-NOS!
LIBERTE-NOS!
LIBERTE-NOS!
LIBERTE-NOS!
LIBERTE-NOS!
LIBERTE-NOS!
LIBERTE-NOS!
LIBERTE-NOS!

VOCÊ *PRECISA* LIVRÁ-LOS DESSA VIDA.
LIBERTE-NOS!
LIBERTE-NOS!
LIBERTE-NOS!
LIBERTE-NOS!
LIBERTE-NO
VAI TER CORAGEM DE FAZER ISSO, LEDD?
VAI *MATAR* TODOS ELES?
LIBERTE-NOS!
LIBERTE-NOS!
LIBERTE-NOS!
LIBERTE-NOS!
LIBERTE-NOS!
LIBERTE-NOS.
LIBERTE-NOS!
LIBERTE-NOS!
LIBERTE-NOS!
LIBERTE-NOS!

TODA MUDANÇA EXIGE SUA CARGA DE ADAPTAÇÕES. MANGO É UM MANGAKA ESTABELECIDO, COM UM TRAÇO IDENTIFICÁVEL, PRINCIPALMENTE DEPOIS DOS VOLUMES PUBLICADOS DE *KHALIFOR*. ASSIM, FOI PRECISO UM PERÍODO PARA QUE ELE SE ACOSTUMASSE COM OS PERSONAGENS. DOMINAR AS EXPRESSÕES É UMA DAS MELHORES FORMAS DE FAZER COM QUE ISSO ACONTEÇA. E ACONTECEU!

– ***TREVISAN***

DRIKKA É UMA DAS PERSONAGENS MAIS IMPORTANTES DA SÉRIE, E SEU TRAÇO TAMBÉM PRECISOU PASSAR POR UMA ADAPTAÇÃO. MESMO COM A MUDANÇA DE ARTISTA, O ESPÍRITO DA LADINA CONTINUA O MESMO.

– ***TREVISAN***

— EPISÓDIO 24 —

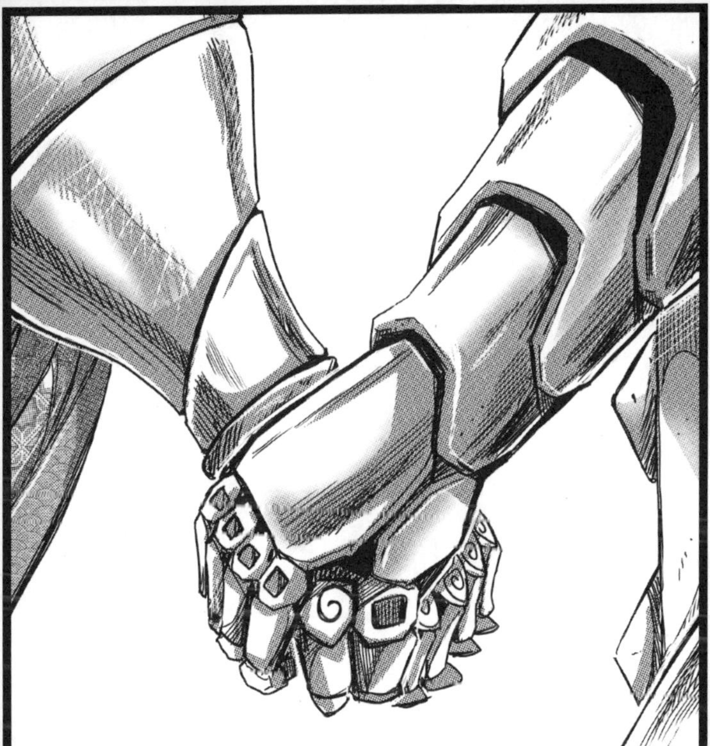

"ESPADA FLAMEJANTE"

E ENTÃO *LEDD?* COMO VAI SER?
SEUS AMIGOS PODEM MUITO BEM ESTAR EM ***PERIGO MORTAL.***

LIBERTE-NOS!
LIBERTE-NOS!
LIBERTE-NOS!
LIBERTE-NOS
LIBERTE-NOS
LIBERTE-NOS!
LIBERTE-NOS!
NÃO.
VOCÊ DISSE QUE O RIO VAI ATÉ A SUPERFÍCIE.
ESSAS CRIATURAS ME ESCOLHERAM, CERTO?

EU VOU LIBERTAR OS MYCOTANN.
MAS NINGUÉM AQUI VAI MORRER!

WOO...
AARON?

LEDD?
COMO?
A GENTE TENTOU FAZER DE TUDO PRA TE ACORDAR!
TESTEI MINHA RECEITA DE GOSMA DE SAPO, MAS NÃO DEU CERTO.
ALIÁS, COMO É QUE VOCÊ CONSEGUIU PASSAR PELOS COGUMELOS?
EU TIVE UM POUCO DE AJUDA.

EU SABIA QUE ELES ERAM UMA ARMADILHA DOS FINNTROLL
CUT!
AARON ME CONTOU TUDO ANTES E EU DEI UM JEITO.
AARON? QUE AARON?
O CARA QUE TENTOU ENGANAR A GENTE NA ESTRADA.
ELE ME DISSE QUE MOSTROU O CAMINHO PARA VOCÊS CHEGAREM NO TEMPLO DE NÃO SEI O QUE.
CUT!
ELE DEVE TER IDO EMBORA. A GENTE VAI TER QUE SE VIRAR PRA SAIR.
VOCÊ DEVE ESTAR MEIO ZONZO. A GENTE NÃO VIU AARON NENHUM AQUI.
QUEM TROUXE A GENTE FOI ELE.
CORONEL BARBA BRANCA?

O QUE ESSE MALUCO TÁ FAZENDO COM VOCÊS?
ELE SALVOU A GENTE E VOCÊ. É UMA LONGA HISTÓRIA.
POR ISSO ELE VAI TER QUE SER SOLTO TAMBÉM.
SOLTO?
ELE QUIS MATAR O RIPP! JUROU QUE IA VIR ATRÁS DE MIM! ACHEI QUE ELE TINHA MORRIDO NA ARENA!
SÃO FERIDAS DIFÍCEIS DE CICATRIZAR, SENHORITA DRIKKA.
EU SEI DE TUDO ISSO.
MAS A GENTE TÁ NO MEIO DE UM PLANO QUE VAI RESOLVER ESSE PROBLEMA DE UMA VEZ.
AH, É? EU TAMBÉM TENHO UM PLANO PERFEITO!
É SÓ DEIXAR ELE PRESO AÍ E CAIR FORA.
PRONTO. FICA TUDO MAIS DO QUE RESOLVIDO!

BARBA BRANCA APARECEU DO NADA.
ARRANCOU NÓS TRÊS DE UMA ÁREA DE TORMENTA. TUDO POR CAUSA DO ACERTO DE CONTAS DE VOCÊS.
VOCÊ ACHA **MESMO** QUE ELE NÃO VAI ESCAPAR DAQUI E TE PERSEGUIR PRO RESTO DA VIDA?
O ÚNICO MODO REAL DE SE LIVRAR É PROVAR QUE VOCÊ NÃO FEZ NADA.
QUE NENHUM DE NÓS FEZ NADA.
POR ISSO EXIGI UM ***JULGAMENTO NEUTRO***.
COM LICENÇA.
É BOM QUE DECIDAM RÁPIDO O QUE QUER QUE SEJA.
OUÇO OS FINNTROLL CHEGANDO.

NÃO VAI PENSANDO QUE CONFIO EM VOCÊ SÓ PORQUE FIZ O QUE ELA ME PEDIU.
SUA CONFIANÇA NÃO FAZ DIFERENÇA, GAROTO.
FIZ UM ACORDO COM SUA AMIGA E PROMETI CUMPRI-LO.
OS FINNTROLL ESTÃO NO MEU CAMINHO.
ELES LEVARAM NOSSAS ARMAS. VI QUANDO O MAIOR PEGOU SUA ESPADA.
ESTE É UM CRIME PELO QUAL PAGARÁ EM DOBRO.

O ESTRONDO PARECE TER VINDO DESTA ALA!
É HORA DE ENSINAR UMA LIÇÃO A ESSES ESCRAVOS!

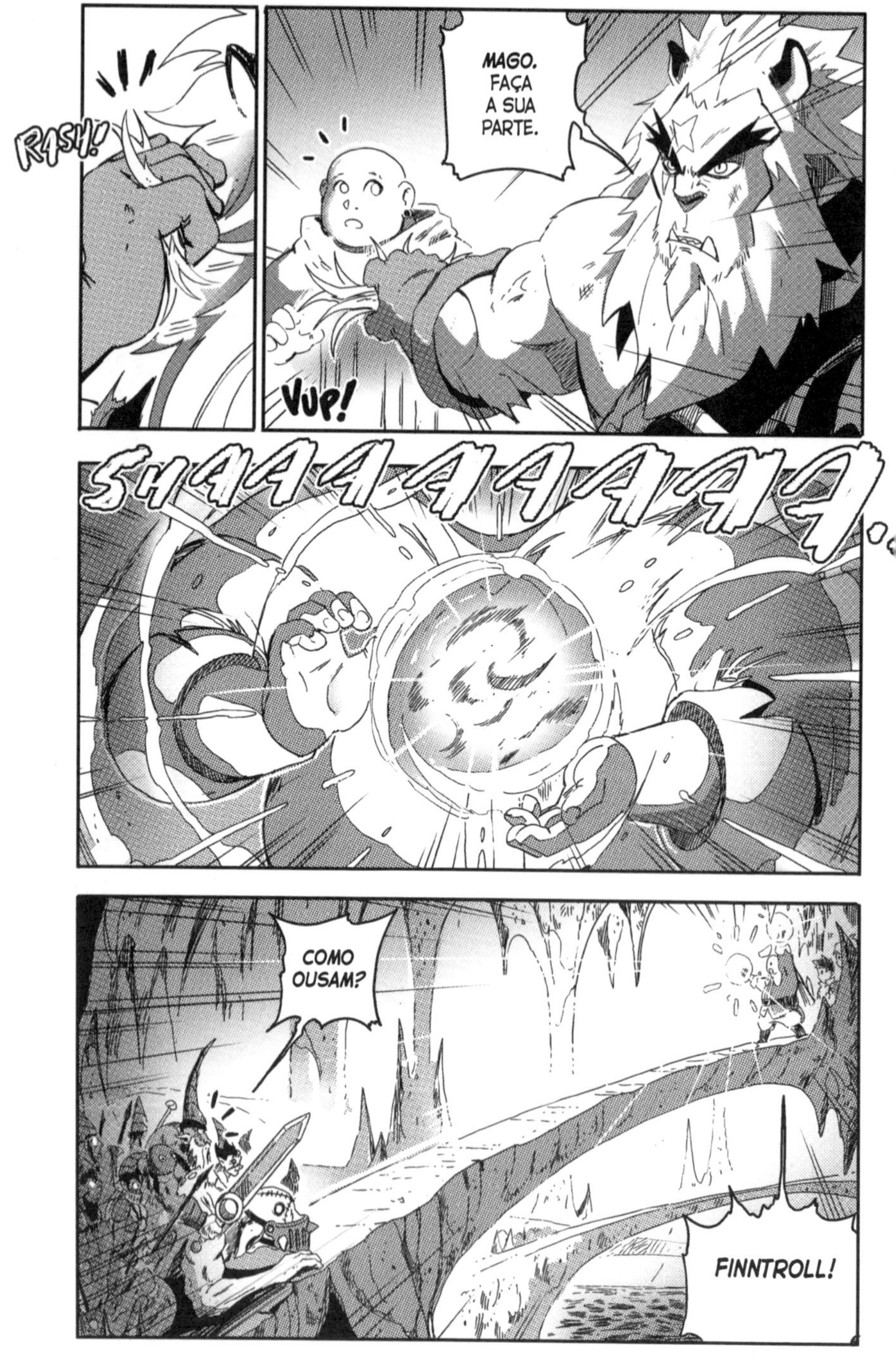
RASH!
MAGO. FAÇA A SUA PARTE.
VUP!
SHAAAAAAAAA...
COMO OUSAM?
FINNTROLL!

VOCÊS SE ORGULHAM DE SEREM SENHORES DAS PROFUNDEZAS!
QUE TAL UM POUCO DE LUZ?
AAAAGH!

SLASH!
DRIKKA!
SUA
ARMA!
PEGUEI!
PICK!
PRECISAMOS
SER RÁPIDOS!
O EFEITO DA MAGIA
VAI ACABAR!
COMIGO!
AGORA!

É AQUI.
O TEMPLO DA ESPADA FLAMEJANTE!
BOOOOOM!

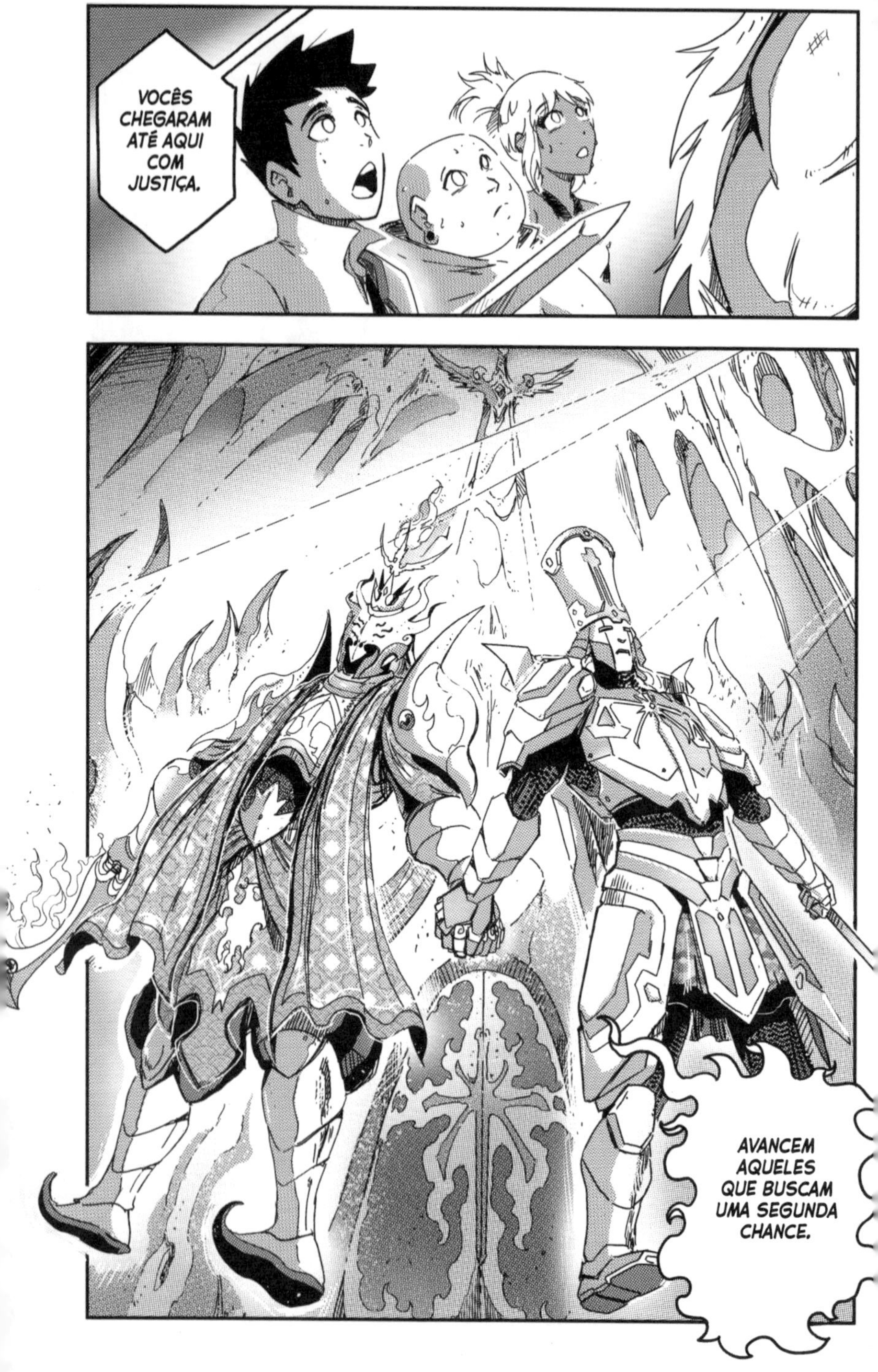
VOCÊS CHEGARAM ATÉ AQUI COM JUSTIÇA.
AVANCEM AQUELES QUE BUSCAM UMA SEGUNDA CHANCE.

GWAAAAAR!
JÁ SEUS PRETENSOS CAPTORES RECEBERÃO OUTRA SENTENÇA.
GWOOH?

MUITO BEM.
QUEM DE VOCÊS SERÁ JULGADO?
FIM DO VOLUME 6

GOLINDA, A ANÃ DONA DO GANSO AFOGADO,
UMA ESTALAGEM E TAVERNA QUE TAMBÉM SERVIA DE REFÚGIO PARA OS PERSEGUIDOS PELO REINO DE YUDENNACH, JÁ NASCEU CLÁSSICA. POR QUE? NÃO TENHO IDEIA. TALVEZ PORQUE EU TENHA ESCRITO A PERSONAGEM DE UM JEITO CARISMÁTICO, TALVEZ POR NÃO TERMOS NENHUMA HEROÍNA DESSA RAÇA, TALVEZ POR QUE ELA BATE NAS PESSOAS COM UMA FRIGIDEIRA ENORME (UMA REFERÊNCIA A UMA NPC OBSCURO DE CRONO CROSS).
O FATO É QUE GOLINDA SEMPRE TEVE UMA HISTÓRIA MUITO MAIOR DO QUE A QUE PUDE CONTAR NAS ENTRELINHAS DE SUAS BREVES APARIÇÕES NO MEIO DA HISTÓRIA DE LEDD, DRIKKA E RIPP.
ALGO QUE FICOU DANÇANDO NA MINHA CABEÇA TODOS ESSES (MUITOS) ANOS. E CHEGOU A HORA DE CONTAR.
PARTE DESSA HISTÓRIA NASCEU E TERMINOU DESSE JEITO. OUTRA PARTE IMPORTANTE MUDOU NO DECORRER DA ESCRITA E UMA ÚLTIMA SÓ SURGIU AOS 45 DO PRIMEIRO TEMPO (NÃO FOI TÃO EM CIMA DA HORA PRA SER DO SEGUNDO TEMPO). ME COBREM EM ALGUM EVENTO QUE EU CONTO OS BASTIDORES.
DIVIRTAM-SE!

– *TREVISAN*

— EPISÓDIO EXTRA —

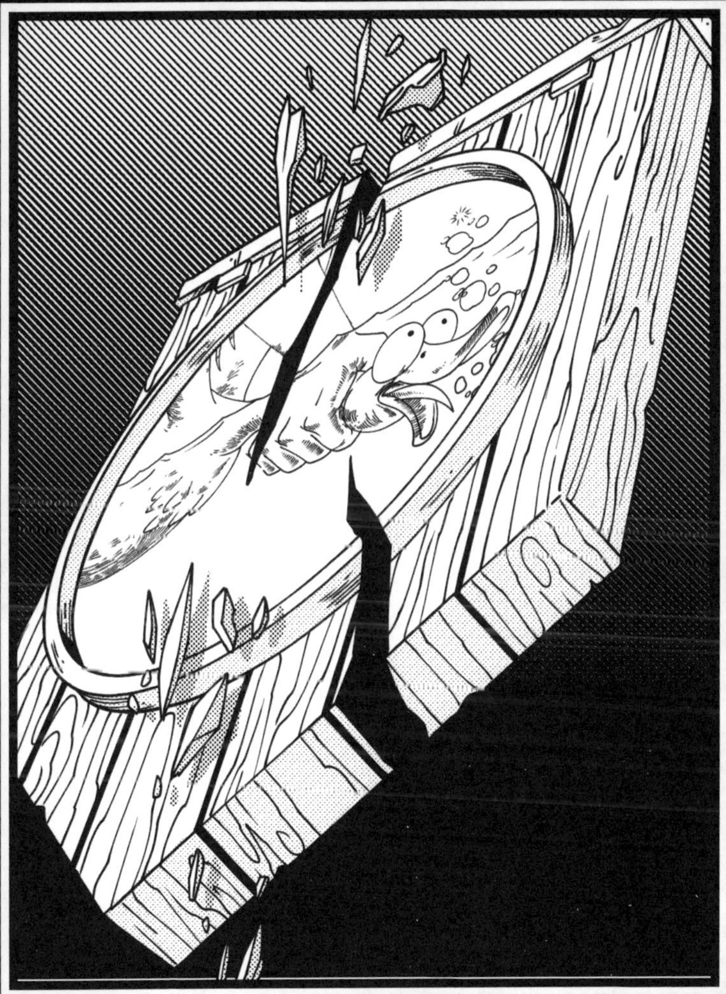

"DARINTHA"

ANTES.

OLHA SÓ, ACHACHA.
LEMBRA QUANDO VOCÊ FEZ A PLACA?
NO FIM SÓ SEU TRABALHO RESTOU DO GANSO.

cozinheiro e a boa
comida, seu machado
mais afiado"
"O fogão é a forja do
cozinheiro e a boa
comida, seu machado
mais afiado"
MEU MESTRE
REPETIA ESSE
DITADO O TEMPO
TODO.

SUA VEZ.
ACHACHA RESOLVE!
LEMBRA POR QUE HOLGAR DEU A IDEIA DE ESCONDER AQUI?
"NINGUÉM VAI TER CORAGEM DE MEXER NESSE FOGÃO!"

MUITO OBRIGADA PELA AJUDA, AMIGA.
VOCÊ SABE QUE EU POSSO IR JUNTO.
NÃO, NÃO PODE. SÃO AS REGRAS.
PARA TER ALGUMA CHANCE DE CONSEGUIR, PRECISO IR SOZINHA.
EVITE AS ESTRADAS! HÁ MUITOS SOLDADOS POR AÍ.
ACHACHA!

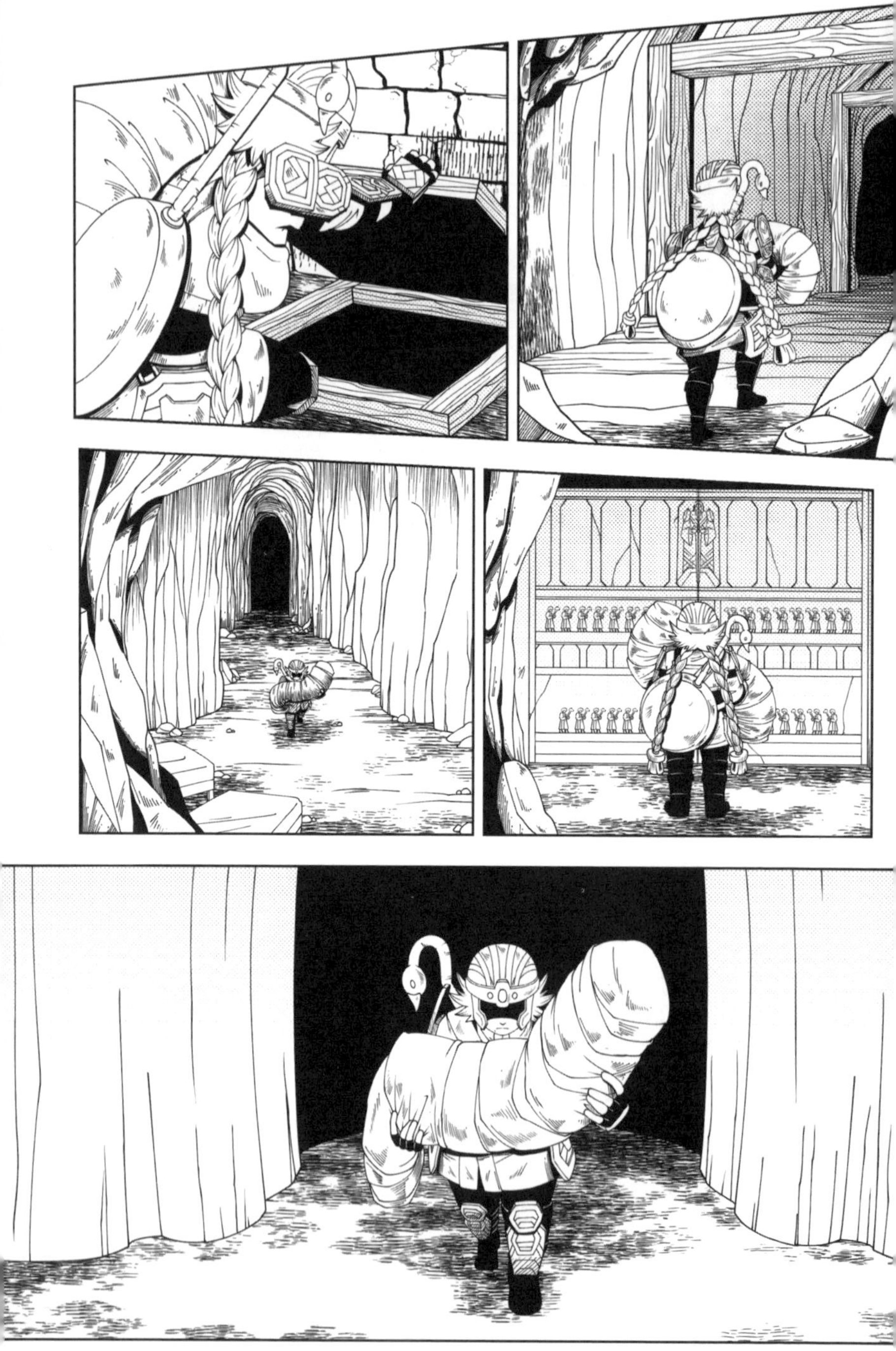

DARINTHA.

JAMAIS ACHEI QUE SERIA VOCÊ.
VOCÊ USOU O CRISTAL!
ALGUÉM TINHA QUE VIR!
É A LEI DA NOSSA FAMÍLIA.
EU SEI.
COMO ESTÃO NOSSOS PAIS?
THARIM SEGUE NA GUILDA DOS MINERADORES.
ELE FINGE QUE AINDA FAZ ALGUMA DIFERENÇA E OS OUTROS FINGEM QUE SE IMPORTAM.
DEHARA CONTINA TEIMOSA E JAMAIS LARGOU O MARTELO!
SE MUDOU PARA UM DOS FORTES AO LONGO DA GRANDE FENDA E DUVIDO QUE UM DIA SAIA DE LÁ!

GOLINDA.
POR QUE PRECISA DE MIM?
MEU MARIDO, HOLGAR, MORREU EM BATALHA.
PRECISO QUE VOCÊ ME AJUDE A ENTERRÁ-LO.
AQUI VOCÊ FOI DESPREZADA, HUMILHADA, EXPULSA POR AMAR UM HUMANO.
POR QUE QUER ISSO?
EU NÃO QUERO NADA.
UM DIA ESTÁVAMOS SENTADOS NA COZINHA, NUM FIM DE TARDE, E SEM MOTIVO ELE ME DISSE:
"JAMAIS SEREI CAPAZ DE ENTENDER COMO É SER VOCÊ."
"MAS SE MEU CORPO UM DIA PUDER ALIMENTAR A TERRA DO SEU LAR, TALVEZ EU POSSA FAZER PARTE DO QUE TE FEZ A PESSOA QUE AMO."
NÃO SE PREOCUPE, EU TE AJUDO.
EU FARIA ISSO MESMO QUE PUDESSE RECUSAR.

IRMÃ.
COMO FOI QUE ACONTECEU?
COMO PEGARAM VOCÊ?
ENVENENARAM MINHA CERVEJA DEPOIS DE UMA VITÓRIA.
FOI NO MEIO DA COMEMORAÇÃO, NUMA TAVERNA.
NÃO SEI QUEM FOI E NEM POR QUÊ.
NÃO É TRISTE?
SIM.
EU TAMBÉM ACHAVA. ENTÃO ME DEI CONTA DA VIDA QUE TIVE.
FIZ O QUE QUIS, LUTEI POR QUEM ACHEI JUSTO E DEFENDI QUEM AMEI.
APRENDI TUDO ISSO COM VOCÊ.
SINTO MUITO POR NÃO TER AJUDADO MAIS QUANDO PARTIU DAQUI COM HOLGAR.
VOCÊ ERA PRATICAMENTE UMA CRIANÇA. FEZ O QUE UMA CRIANÇA PODIA TER FEITO.

TENHA CUIDADO NA SUPERFÍCIE, IRMÃ.
PROMETA QUE PROTEGERÁ OS SEUS E LUTARÁ DO LADO CERTO COM A FEROCIDADE DE SEMPRE.
VOCÊ ME CONHECE. ADEUS, DARINTHA
O QUE VOCÊ PRESENCIOU FOI SÓ O INÍCIO DE UMA GUERRA DE PROPORÇÕES IMENSAS, E HEREDRIMM PRECISARÁ DOS MAIS JUSTOS AO SEU LADO.
ATÉ UM DIA.

agradecimentos

Sem Lobo Borges não haveira *Ledd.* Digo isso no mais literal dos sentidos, porque, se eu não tivesse visto a arte dele num dia iluminado nas hoje tão combalidas redes sociais, o projeto provavelmente voltaria para a gaveta onde estava antes. Eu sei porque tenho vários desses.

Quando a intimidade tranformou nossa relação em parceria de igual para igual, Lobo ajudou a criar o que pôde. Discutíamos, nos divertíamos batendo cabeça e decidindo o futuro dos personagens.

Quando a relação de parceiros não bastava e nos tornamos irmãos distantes, ele me carregou, me incentivou e acreditou mais em mim do que eu mesmo.

E quando ele partiu, sua força e perseverança inesgotáveis me empurraram até o fim deste volume. Até a última palavra de roteiro escrita, até a última página diagramada.

Nada que eu disser será suficiente para agradecer o privilégio que foi ter o Lobo na minha vida. Meu caminho se tornou mais iluminado por causa dele, e a felicidade que tenho por isso jamais será vencida pela falta que sinto de sua presença. Obrigado, irmão.

É essencial também agradecer à Amanda, esposa do Lobo, e à família dele, que permitiram que a gente continuasse o projeto e usasse a arte que ele deixou.

Meu muito obrigado também ao Ricardo Mango, que topou o desafio difícil de completar esse caminho, ao Israel Guedes, nosso maravilhoso colorista, e ao Hud Justino, estreante responsável pela incrível arte do nosso episódio extra.

Agradeço também ao parceiro Dan Ramos, que coloriu magistalmente a arte da capa, que é tão especial, e à Jambô Editora pelo apoio incondicional. Por último, agradeço aos fãs, que nunca nos abandonaram.

Ledd continua no volume 7. Temos muito caminho pela frente.

— J.M. Trevisan

OS AUTORES

J.M. TREVISAN AINDA É EDITOR DA REVISTA *DRAGÃO BRASIL* E UM DOS AUTORES DE *TORMENTA*. SEU PLANO ATUAL É TERMINAR LEDD E DEPOIS SE ISOLAR EM ALGUMA ILHA GREGA POR ALGUMAS DÉCADAS. NESSE MOMENTO, QUANDO ESTIVER COM MUITA SAUDADE DE ESCREVER MANGÁ, ELE PENSARÁ EM INICIAR UMA SÉRIE LONGA DE NOVO. OU NÃO. TALVEZ TERMINAR LEDD JÁ SEJA UM PLANO BOM O SUFICIENTE.

RICARDO MANGO ROLA DADOS DE TODOS OS TIPOS, TODOS OS DIAS, APLICANDO ELEMENTOS ALEATÓRIOS EM DETALHADAS ILUSTRAÇÕES DE PÁGINAS DE MANGÁ E PERSONAGENS DE RPG. QUANDO TEM TEMPO DE RESPIRAR, SE ESFORÇA PARA ENCONTRAR ALGUM ESPAÇO VAGO NA AGENDA PARA JOGAR PELADAS, COZINHAR E, QUEM SABE, ATÉ MESTRAR UMA CAMPANHA DO COMEÇO AO FIM AO LADO DE SEU FIEL COMPANHEIRO, PETISCO.

HUD JUSTINO É UM DESENHISTA HÁBIL DE LINHAS TORTUOSAS. QUANDO NÃO ESTÁ DESENHANDO BRAVOS AVENTUREIROS E CRIATURAS MÍTICAS, PASSA O TEMPO MERGULHANDO EM MUNDOS DE RPG OU DESBRAVANDO OS SEGREDOS DE JOGOS CLÁSSICOS. É PAI ORGULHOSO DE TRÊS FILHAS DE QUATRO PATAS E UM VERDADEIRO AMANTE DE BATATAS, QUE SEGUE EMPENHADO EM ROMPER COM O MODELO DO ARTISTA QUE PASSA FOME.

ISRAEL GUEDES (OU IZU) É ILUSTRADOR, COLORISTA E PROFESSOR DE MANGÁ. APAIXONADO POR QUADRINHOS E GATOS. FALA DEMAIS QUANDO É ALGO DE SEU INTERESSE, ENTÃO SEMPRE AVISA QUE PODEM INTERROMPÊ-LO À VONTADE. NASCEU NUMA TERRA MUITO QUENTE, ENTÃO ADORA O FRIO, OU SEJA, QUALQUER TEMPERATURA ABAIXO DE 28 GRAUS. TEM UM MANGÁ AUTORAL CHAMADO T-HUNTERS COM O QUAL PLANEJA DOMINAR O MUNDO.

DAN RAMOS É UM ILUSTRADOR, DESIGNER, AUTOR, PALPITEIRO PROFISSIONAL E FÃ DE TOLKIEN (MAS DO TIPO LEGAL). É VIDRADO EM CINEMA, MÚSICA, GAMES E TUDO MAIS QUE A CULTURA (QUALQUER CULTURA) PROPORCIONE. MESMO SENDO NORDESTINO, RECLAMA O TEMPO TODO DO CALOR DO VERÃO DE PORTO ALEGRE E SE ORGULHA MAIS DO AR CONDICIONADO QUE DAS CONQUISTAS PROFISSIONAIS.

STEVE JACKSON E IAN LIVINGSTONE APRESENTAM
NOITE DO NECROMANTE
27
IAN LIVINGSTONE
AS CAVERNAS DA BRUXA DA NEVE
9
IAN LIVINGSTONE
A CIDADE DOS LADRÕES
05
JONATHAN GREEN
ALICE NO PAÍS DOS PESADELOS
JONATHAN GREEN
O MALIGNO MÁGICO DE OZ
TORMENTA20
JOGO DE RPG · LIVRO BÁSICO
R.A. SALVATORE
A PASSAGEM PARA O ALVORECER
A LENDA DE DRIZZT
10
ORDEM PARANORMAL
INICIAÇÃO
RPG
A LENDA DE GHANOR
1
BLUE ROSE
O RPG DE FANTASIA ROMÂNTICA
TORMENTA20
JOGO DE RPG · LIVRO BÁSICO